Mulher Latina Submissa

Coleção Dominação Erótica

Erika Sanders

ERIKA SANDERS

Mulher Latina Submissa

Erika Sanders
Serie
Coleção Dominação Erótica

Sinopse

Julieta é uma mulher de negócios latina, bem-sucedida e dominante com fantasias do que poderia acontecer se ao invés de ser dominante, como ela estava no trabalho, ela fosse dominada.

Um dia ele conhece Paul, que começa a lhe mostrar a faceta da submissão que ele tanto deseja experimentar ...

Mulher Latina Submissa é uma história com forte conteúdo erótico BDSM e, por sua vez, também pertencente à coleção Erotic Domination and Submission, uma série de romances com alto conteúdo BDSM.

(Todos os personagens têm 18 anos ou mais)

Nota do autora:

Erika Sanders é uma conhecida escritora internacional, traduzida para mais de vinte línguas, que assina os seus escritos mais eróticos, longe da sua prosa habitual, com o seu nome de solteira.

Índice:

Sinopse
Nota do autora:
Índice:
MULHER LATINA SUBMISSA (DOMINAÇÃO ERÓTICA) ERIKA SANDERS
FIM
BEM-VINDO SELVAGEM ERIKA SANDERS
FIM
TRAÍDA ERIKA SANDERS
Capítulo I
Capítulo II
Capítulo III
Capítulo IV
FIM

MULHER LATINA SUBMISSA (DOMINAÇÃO ERÓTICA)
ERIKA SANDERS

Juliet recebeu mais instruções em uma carta.

Era um envelope branco com "Confidencial" escrito em negrito.

As pernas de Juliet começaram a vacilar antes que ela pudesse abrir o envelope.

Ele se lembrou de ter conversado com Paul na noite passada.

Qual será o seu próximo plano ousado?

Com o relacionamento deles nos últimos meses, ela estava ganhando novos insights sobre si mesma e sua sexualidade.

Antes de Paul ser apresentado, ele pensava que sabia muito sobre sexo.

Mas desde seu relacionamento com Paul, ela começou a fazer muitas coisas que nunca havia imaginado antes.

Ela havia esquecido muitos de seus equívocos sobre si mesma.

Antes de conhecer Paul, ela pensou que estava completamente satisfeita com sexo.

Mas ela logo percebeu que não estava satisfeita com o que estava fazendo.

Ele a vendou durante o segundo encontro.

Julieta nunca teria imaginado como nosso corpo pode se tornar sensível quando não podemos ver.

Cada membro era assintomático ao toque, e ela foi tomada pela curiosidade de saber qual ponto seria tocado em seguida em seu corpo.

Ele sentia que cada toque em seu corpo deveria durar para sempre e estava lutando para desfrutar de cada toque.

Na próxima vez, Paul amarrou seus membros na cama.

Sentir que estamos desamparados emocionalmente, quando vemos nosso próprio corpo nu, nosso parceiro desfrutando dele, e não podemos fazer nada, não podemos resistir, não podemos evitar nada nós mesmos, esse sentimento é muito diferente.

Você está usando seu corpo lindo e jovem como quiser, na frente de seus olhos ... e você só quer sentir o que isso fará com você.

Sentimentos mistos de impotência e entusiasmo.

Eles jogavam esses novos jogos constantemente e ela gostava de todos eles ao máximo, apreciando a criatividade de Paul.

Curiosamente, Juliet, que acreditava que sua natureza era agressiva e dominadora, desistia facilmente de Paul no jogo do romance.

Não só isso, ela amava se entregar completamente, dar a ele seu corpo, fazer o que ele faria, fazer o que ele disse a ela para fazer.

Ela estava começando a sentir que alguém deveria dominá-la, obrigá-la a fazer qualquer coisa.

Essa mudança em sua natureza a pegou de surpresa.

Na noite anterior, Paul havia dito que a ousadia de amanhã seria o ápice do jogo até então.

"Você ouve tudo o que eu digo, não é?" Ele perguntou.

A submissão chegara a ela apenas por pedir.

"Sim, Senhor, farei o que você me disser", respondeu ela calmamente.

Ela podia falar muito baixinho, mas essa descoberta começou somente quando ela conheceu Paul.

"Pois bem, amanhã você receberá uma carta em seu escritório. Essa carta conterá mais instruções para você."

... e agora ele realmente tinha aquela carta na mão!

Com as mãos trêmulas, ele quebrou o selo da carta.

O que estaria escrito nele?

Qual será o próximo plano ousado de Paulo?

O que eu teria que fazer por ele hoje?

Um pouco assustada, um pouco envergonhada também, começou a tirar o papel branco de dentro do envelope, olhou e leu ...

"Escravo

1. Prepare-se para o nosso jogo hoje à noite às oito horas, seja corajoso.

2. Você deve se vestir assim: calça vermelha macia, blusa combinando, calcinha-sutiã combinando, brincos dourados nas orelhas, cinto prateado e sapatos de salto alto.

3. Um Mercedes irá buscá-lo às oito horas. O motorista saberá para onde ir. Ele lhe dará mais instruções posteriormente. Assim como você segue minhas instruções agora, você também deve seguir as instruções dele à noite.

4. Além disso, você não levará mais nada, pois não precisará dele. Você não precisa de uma bolsa ou qualquer outra coisa. "

O peito de Julieta palpitou de excitação até ela terminar de ler as instruções.

Empolgada com o que aconteceria hoje, ela começou a se molhar.

Paul, um código de vestimenta, oito horas da noite, motorista de Mercedes ... nada mais.

Ele sempre conseguia distraí-la no trabalho.

Um pouco assustador, um pouco de emoção, um pouco de diversão, muita curiosidade ...

Até agora, por mais ousados que fossem seus jogos, eles eram disputados em locais "privados".

Às vezes na casa de Julieta, às vezes no apartamento de Paul e uma vez em um hotel.

Mas ela se renderia a Paul sozinha ... mas hoje ela conheceria uma terceira pessoa, o motorista daquele Mercedes!

Paul deu ao motorista algumas instruções ousadas?

Paulo disse, você deve obedecer a tudo que o motorista diz ...

O que acontece se o motorista pedir a ela para tirar a roupa no carro?

Ou se ele pedir que ela o beije sentado no carro?

Ou se você inclinar enquanto dirige ... ??? oh, Deus

Por que ela confessou tudo isso a Paul?

Ela cometeu um erro ao confiar tanto nele?

Por um lado, com tantas dúvidas em sua mente, ela também acreditava que Paul não permitiria que surgisse qualquer situação que a colocasse em perigo.

Ela sorriu para si mesma, percebendo que a ideia do motorista forçando-a a se despir era tão assustadora quanto excitante.

Às oito horas, Juliet havia se vestido e despido três vezes.

No começo ele usava calças vermelhas, mas não eram macias.

Eu fico bem assim, por que eu deveria prestar tanta atenção nele ...

Ao dizer isso, sem perceber, tirou a calça e procurou um vermelho mais suave.

Então ele começou a procurar os brincos de ouro.

Ele nunca teve a chance de usar aqueles brincos como costumava usar jeans e uma camiseta, mas Paul disse uma ou duas vezes que gostava muito deles.

Estranhamente, ela não se lembrava de quando disse a Paul que tinha um cinto de prata.

Mas ele havia escrito a mesma coisa em sua carta, então ele devia saber, isso é certo.

Enquanto apreciava mentalmente sua inteligência ...

... O relógio bateu oito horas e um carro buzinou na estrada.

Julieta desceu correndo a escada e olhou pelo olho mágico da porta da frente.

Em frente ao portão estava uma comprida Mercedes preta.

Ela tirou a bolsa do ombro e a jogou no sofá do corredor, trancou a porta da frente, destrancou o portão e foi até a Mercedes.

O motorista uniformizado abriu a porta traseira para ele.

O motorista era de meia-idade e tinha uma aparência educada.

Ela se sentou lá dentro, perguntando-se se ele já lhe daria alguma instrução.

o motorista fechou a porta muito educadamente, sentou-se e ligou o motor.

Como esperado, andar de Mercedes era muito confortável, mas ele não parecia se importar.

Agora esse motorista vai te dizer o que fazer, como e se você realmente quer obedecer ao que ele diz ...

Muitos desses pensamentos estavam se agitando em sua mente.

O Mercedes acelerou pelas ruas movimentadas da cidade.

Aos poucos, o trânsito ao redor foi se tornando menos denso e ele percebeu que eles haviam saído da cidade e entrado na zona industrial.

As fábricas e prédios de escritórios de cada lado da rua estreita não pareciam familiares.

De repente, o motorista diminuiu a velocidade do Mercedes e entrou em um estacionamento que parecia estar abandonado.

Embora a velocidade do veículo fosse lenta o suficiente para entrar pela estrada principal, não era lento o suficiente para ler as letras na placa do lado de fora do pacote.

Dentro da trama, Juliet vê a cabana de um Vigilante com uma porta velha e dilapidada.

O motorista parou o carro e desceu.

Ele voltou e abriu a porta para Juliet.

Assim que ela saiu, ele fechou a porta, agarrou-a pelo pescoço e conduziu-a para a cabana desabada do Vigilante.

Juliet ainda não tinha ouvido a voz do motorista.

Aquela cabana de quatro por quatro pés tinha um balcão na frente.

O jovem sentado no balcão disse ao motorista:

"Obrigado amigo, até a próxima."

O motorista apenas sorriu e rapidamente se virou e saiu.

Agora Julieta estava sozinha diante daquele jovem desconhecido mas bonito.

Havia alguma magia em seu sorriso.

"Juliet, não é o seu nome? Siga-me", o jovem ordenou.

Juliet o seguiu com cuidado.

Os dois entraram em uma sala parecida com um escritório nos fundos do prédio em ruínas.

Não havia nada na sala, exceto uma mesa e cadeiras no canto.

"Você está pronta para a aventura única de hoje, Juliet?" Ele perguntou ficando sério.

"Uhm? Talvez ..." Juliet disse ficando um pouco nervosa.

"Bem", disse ele, sorrindo misteriosamente, "a todos os que lhes derem instruções esta noite, vocês as seguirão com atenção. Sem dúvida ... e sem perguntar a ninguém. Algumas das sugestões serão estranhas ou estranhas, mas acredite em mim, você será mais feliz. se você seguir as instruções. Então faça o que lhe é dito, sem vergonha, medo ou medo. "

"Ok. O que eu tenho que fazer?" Juliet perguntou com firmeza.

Olhando para o corpo sexy de Juliet, ele disse:

"Ouça então. Primeiro, tire a roupa."

"Todos?" Juliet perguntou hesitante.

"Não", disse ela com um sorriso malicioso, "tire tudo, exceto a calcinha, os brincos, o cinto de prata e os saltos."

Juliet não sabia se tinha ouvido as instruções corretamente.

Ele havia lhe dado instruções em palavras muito claras e em voz alta.

No entanto, Juliet sentiu que ele não tinha sido capaz de dizer nada disso.

Mesmo depois de digerir sua sugestão com grande esforço, ela ainda esperava que ele saísse da sala ...

Ela achava que deveria pelo menos virar as costas para ele.

Claro, Juliet sabia que ela estava esperando muito, mas ainda ...

Em um acesso de raiva, ele abaixou as calças, deixando o cinto.

Ela desabotoou o primeiro botão da blusa e olhou para ele para mostrar que você não está menos nesta situação.

Mas assim que ela percebeu que seu olhar deslizou para baixo quando ela removeu outro botão, ela inadvertidamente olhou para si mesma.

Ela ficou com vergonha de ver o sutiã rosa macio muito apertado que ficou claramente visível depois que dois botões saíram do topo.

Seus seios carnudos e macios lutando para sair dele.

Animada, ela começou a respirar cada vez mais forte, e seus seios já cheios pareciam inchar.

Sem perder mais tempo, ela desabotoou todos os botões que faltavam em sua blusa.

Assim que ele tirou as calças de seus pés, ela olhou para ele e puxou a blusa justa pelo cinto com as duas mãos.

Então, empurrando-os para trás e, claro, inflando ainda mais seu grande e lindo peito, ela também removeu os ganchos do sutiã.

Mas por alguns momentos ela permaneceu na mesma pose e olhou para ele.

Ele deu um passo à frente, olhando para seus seios inchados.

Percebendo que não havia como escapar, Juliet revirou os olhos, respirou fundo e tirou lentamente o sutiã com as duas mãos.

Ela não teve coragem de olhá-lo nos olhos agora.

E então ele percebeu que ainda estava esperando que ela saísse ou lhe desse as costas.

Mas ela mesma poderia ter virado as costas quando estava se despindo na frente daquele jovem estranho!

Mas ela descaradamente tirou as roupas uma por uma na frente dele ...

Ela ficou ainda mais envergonhada com esse pensamento.

"Dobre as roupas e coloque sobre a mesa", Julieta recobrou a consciência com a sugestão seguinte.

Ela abriu os olhos, mas, evitando o olhar dele, pegou a calça, a blusa e o sutiã que estavam rolando pelas pernas e se aproximou da mesa.

Dobrando-os com cuidado, ela os colocou sobre a mesa e ficou na frente dele, mas não muito atrás.

"Agora vire-se e fique com as duas mãos para trás", ele instruiu novamente em uma voz séria.

Agora, virando as costas, perguntando-se para que serviria, ela se virou e acenou com as duas mãos como se tivesse ficado muito preguiçosa.

Ela acenou com a cabeça, sentindo-o vindo em sua direção.

Seus pulsos delicados foram tocados por metal frio enquanto ela pensava no que aconteceria a seguir.

Que novidade é essa, perguntou ela, até que algo estalou e as duas mãos ficaram na mesma pose que ele havia dito.

Oh, Deus. Você está aqui em um lugar desconhecido, com um homem desconhecido, neste momento, em tal estado ... e agora tão indefeso !!

Poucas roupas no corpo, nenhum telefone por perto, nenhuma bolsa ...

Para que uso eles seriam?

Ambas as mãos estavam presas em algemas por trás.

Paul não está à vista.

E esse jovem estranho, mas bonito, está chegando tão perto de você ... estúpido!

Você é estúpida, Juliet.

Por que as pessoas acreditam tão cegamente?

E isso também em uma pessoa como Paul ... quão bem você o conhece?

O que vai acontecer com você agora.

Oh Deus, o que eu fiz ...

"Venha", disse ele, não esperando que ela andasse, mas segurando suas algemas e caminhando em direção à porta.

Não adiantava protestar.

Assim que ela saiu pela porta, uma rajada de ar frio varreu Juliet e lágrimas brotaram de seus olhos.

Ele estava caminhando com passos pesados.

Ele quase a arrastou para o estacionamento escuro.

Em tal estado seminu, ele também sentiu o apoio daquela escuridão, mas ...

Mas o que é isso?

A vergonha de seu próprio corpo seminu, de seu próprio desamparo, da companhia involuntária desse jovem estranho, enquanto ela estava com medo, também a excitava desamparadamente.

Ela tinha vergonha de sentir as doces sensações que aconteciam cobertas pela única vestimenta que restava em seu corpo.

Ela não sabia exatamente o que você estava pensando.

Embora seu corpo estivesse frio, ela se sentiu aquecida ao sair da sala e entrar no estacionamento, com o toque de seu corpo enquanto caminhava e o aperto forte da barra de algema.

Seus mamilos de chocolate escuro se contraíram e começaram a doer com o ar frio.

Parecia que ele estava segurando a barra com as duas mãos com muita força ... mas ela estava com as duas mãos presas atrás das costas.

E então o que aconteceria com ele se ele tivesse as duas mãos livres.

Se ele beliscasse seus mamilos duros com a mesma força com que segurava sua barra ...

Juliet ficou terrivelmente surpresa com seus próprios pensamentos.

O que você estava pensando há alguns momentos?

Devido a esse desamparo, a vergonha, as lágrimas acabavam de atingir seus olhos.

Agora, o toque da mão rochosa deste homem desconhecido deve tocar nossa parte mais íntima, o pensamento ... ou o desejo ...

Deus!

O que me aconteceu?

Que pensamentos vêm à mente?

Paul, onde está você, mal?

Você ... você me fez assim!

Serei capaz de olhar no espelho amanhã ou não?

Havia um pequeno portão no final do estacionamento.

O estranho abriu a porta e empurrou Juliet para dentro.

Era como uma grande câmara vazia.

Julieta estreitou os olhos e tentou olhar em volta, mas estava tudo escuro, exceto pelo lampião que pendia no meio do quarto.

Ele a puxou para cima novamente e a colocou sob a luz do lampião.

Seu belo corpo, que esteve coberto pela escuridão por tanto tempo, foi exposto novamente.

Envergonhada e de repente a luz em seus olhos, ela enxugou os olhos com força.

Alguns momentos se passaram em extremo silêncio.

Não há movimento, não há movimento.

Eu me pergunto se ele me deixou aqui ...

Ela sentiu seu toque roçar em sua cintura linear.

Uma ou duas vezes o toque se moveu lentamente de ambos os lados de sua cintura até as axilas e, em seguida, deslizou para baixo e deslizou pelas pontas de sua calcinha.

Julieta enxugou os olhos com força como se soubesse o que aconteceria a seguir.

Os dedos de ambas as mãos puxaram para baixo as pontas de sua calcinha rosa.

Sua calcinha travou quando alcançou suas coxas.

Com as mãos amarradas nas costas, ele não podia fazer nada.

Os dedos de sua mão esquerda avançaram por trás com autoridade e começaram a abaixar a frente de sua calcinha, beliscando-a, tocando sua vagina molhada.

No momento seguinte, a última vestimenta de seu corpo, embora apenas nominalmente, caiu a seus pés.

"Ponha-os de lado", sua voz poderosa ecoou naquele vazio.

Ele tirou as pernas dela da calcinha sem pensar.

Agora ela estava completamente nua, nua, nua.

Sem mencionar que havia algumas coisas deixadas em seu belo corpo: brincos, um cinto de prata e salto alto.

Claro, nada disso serviu para evitar o constrangimento, mas ela começou a pensar em si mesma ao enfrentar a situação em que se encontrava.

"Fique parado aí", disse ela, dando a próxima ordem.

Embora Juliet abrisse os olhos agora, ela não queria desobedecê-lo.

Enquanto pensava no que estava fazendo, ele o ouviu empurrar algo.

Ela olhou para a direita e o viu.

Ele estava empurrando algo com rodas em sua direção.

Era uma mesa.

A mesa tinha quase a altura da cintura.

Tiras de couro foram amarradas na mesa.

Ele trouxe a mesa bem na frente dela.

Então, circulando-a novamente, ele a empurrou para frente e a curvou sobre a mesa.

"Abra os pés, Juliet," ele ordenou.

Ela obedientemente moveu ambas as pernas ligeiramente cada uma para o lado.

"Mais ainda," ele gritou, e ela ficou com as duas pernas abertas.

Agora sua vagina molhada estava tocando o couro sobre a mesa.

Assim que as pernas dela encontraram as pernas da mesa, ele amarrou as duas pernas firmemente com as tiras de couro.

Agora era impossível para ele se mover.

Rodeando-a, ele libertou suas mãos das algemas.

Ele sorriu e ficou na frente dela.

Ao olhar para seu corpo nu, os olhos de Juliet baixaram automaticamente de vergonha.

Ele continuou dando ordens.

"Abaixe-se e toque os dedos dos pés."

Quando ela se abaixou, ele se inclinou para frente e amarrou as mãos dela nas pernas.

Por mais corajosa que fosse, Juliet estava apavorada com esse estado de desamparo.

Nesse estágio, ela não conseguia se mover sozinha.

Sua vagina molhada e nádegas cheias estavam completamente expostas na frente 'daquele' estranho.

Não só isso, mas sua vagina, e até mesmo seu cu, deviam ser visíveis para ele agora.

Ela estava tentando controlar sua respiração, imaginando o que ele faria a seguir.

Por um minuto ela não percebeu nenhum movimento dele, mas então ela percebeu que ele estava bem perto dela.

E ao mesmo tempo sentiu um toque muito familiar, mas em um lugar inesperado ...

Vaselina! Sim, era vaselina.

Ele esfregou vaselina em seu buraco traseiro com um dedo revestido.

Ele espalhou ao redor dela por um tempo e então inseriu o dedo em seu ânus.

Juliet prendeu a respiração por um momento.

Antes de conhecer Paul, ela não sabia de nenhum outro uso para seu orifício anal além do normal.

Ela costumava ficar chateada quando via sexo anal em um vídeo pornô com Paul.

Ele gritaria com Paul e o forçaria a passar de cena.

Mas uma vez que ele amarrou seus braços e pernas na cama e lhe ensinou o tipo de sexo dominante, ele inseriu um tampão de borracha em seu ânus, apesar de sua oposição.

Juliet, que inicialmente estava gritando, aceitou esse tipo de diversão em nenhum momento.

Depois disso, toda vez que Paul descia para lamber sua vagina, ela começava a implorar para ele inserir pelo menos um dedo atrás dela.

Na verdade, Paul gostava muito de fazer assim, mas só para irritar Juliet, ele costumava lembrá-la de sua rejeição e repulsa ...

Mas hoje, enquanto o dedo desse homem desconhecido circulava livremente por sua virilha e ânus, ele tinha muitas emoções em sua mente.

Ela estava com raiva de sua própria impotência.

O intruso o estava incomodando pelo avanço flagrante.

Ela odiava Paul por colocá-la em tal situação.

Havia lágrimas em seus olhos de dor quando seu dedo penetrou dentro.

E ao mesmo tempo, ela ficou excitada quando percebeu que o dedo de um estranho estava se movendo em seu ânus em um lugar estranho.

Depois de empurrar o dedo para dentro e para fora do buraco dela por um tempo, ele inseriu à força um plugue de borracha grosso em seu buraco.

Embora a vaselina reduzisse um pouco o desconforto, o tamanho do tampão era muito maior do que o tamanho de seu orifício.

Mas Juliet não pôde fazer nada além de protestar.

Juliet estava tentando parar de chorar e respirar fundo, naquele momento ...

Quando o plug foi totalmente inserido dentro, ele bateu em seu traseiro dolorido com força e se afastou dela.

O grito literalmente abafado de Juliet seguiu o som do "estalo" que reverberou por toda a sala.

Nesse ponto, ele ficou muito zangado com Paul.

Ele deve ter contado ao estranho várias coisas que são muito particulares entre os dois.

Claro!

Além disso, como esse homem poderia saber que Juliet, que está sempre no comando no trabalho, gosta de ser dominada no sexo?

Embora ela estivesse chorando enquanto seu dedo se movia em seu ânus, ela deve ter sabido que adora ser cutucada.

E agora, sem se preocupar com a dor física que estava passando, e sem antecipar qual seria sua reação, ela se convenceu de que Paul deve ter lhe contado tudo por causa da força com que a espancou.

Paul também ensinou a ela o truque de aliviar a dor extrema.

No mundo exterior, Juliet não conseguia suportar a voz alta do homem à sua frente.

Mas, neste mundo privado, sua maior fantasia era que alguém poderia torturá-la, forçá-la fisicamente.

Aproveitando essa informação, ele ficou furioso e ao mesmo tempo muito animado ao perceber que aquele homem estava brincando com seu corpo.

Com todos esses pensamentos em sua mente, no entanto, ele continuou a lançar um chicote nela.

Suas nádegas claras agora estavam avermelhadas como cerejas e quentes como o inferno.

Depois de dez ou quinze golpes, ele jogou o chicote de lado e começou a bater nas nádegas avermelhadas de Juliet.

Depois de muita tortura, Juliet começou a querer abraçá-lo.

Ele parou e ficou na frente dela apenas quando ela queria que suas mãos se movessem para trás por um pouco mais de tempo.

Inclinando-se e liberando suas mãos, ele a endireitou.

Ele pegou a mão delicada dela e a ergueu.

Juliet viu uma corda forte pendurada acima.

Ele cuidadosamente amarrou as mãos dela e as envolveu na corda.

Ele escorregou e caiu para o lado.

A corda foi amarrada na ponte a partir do telhado.

Ele desamarrou a corda, pegou-a na mão e começou a puxá-la com força.

O corpo de Juliet estava sendo puxado e içado com a corda puxando seus braços.

Juliet estava deixando que ele puxasse seu corpo sem qualquer resistência.

Ele continuou puxando a corda até que a ergueu pelos dois calcanhares.

Agora Juliet estava na ponta dos pés de seus saltos altos, balançando o corpo, mas não pendurada.

Ele amarrou a ponta da corda novamente e ficou na frente dela.

Todo o peito de Juliet estava agora ereto quando ela tinha os dois braços levantados.

Olhando de cima, seus próprios mamilos também pareciam um pouco angulados.

E então, girando os dedos sobre os círculos escuros ao redor de seus mamilos, de repente ele agarrou ambos os mamilos pontudos com um beliscão e puxou com força.

Gritando de boa vontade, Juliet tropeçou onde estava.

Suas coxas também eram limitadas em seus movimentos, pois suas pernas estavam amarradas na parte inferior e as mãos na parte superior.

Ele continuou puxando e liberando seus mamilos com o beliscão de seus dedos.

Lentamente, Juliet começou a ficar animada novamente.

Ela enxugou os olhos, puxou o pescoço para trás e moveu o corpo na direção dele.

Era como se ele quisesse aquela beliscada dolorosa uma e outra vez.

A partir daí, ele colocou uma pequena quantidade de creme vermelho nos dedos.

Gentilmente, ele esfregou a pomada em torno de seus mamilos.

Ele mergulhou os dedos no tubo novamente e pegou mais um pouco de creme.

Agora sua mão desceu e começou a tocar sua vagina.

Encontrando sua vagina através de seu cabelo fino, ele espalhou o creme ali também.

Então ele voltou e esfregou o plug de borracha de cor creme em seu ânus.

Julieta ficava muito excitada com o toque daquele creme frio em seus três órgãos 'privados'.

Mas depois de alguns segundos, o creme frio começou a esquentá-la.

E aos poucos começou a coçar no local onde aplicou o creme.

Ela estava ansiosa para que alguém apertasse seus seios.

Ela tentou libertar as mãos para pressionar seus próprios seios, para apertar seus próprios laços rígidos.

Agora ela precisava de seus dedos rochosos, em seus mamilos lambidos e sua vagina coceira ...

E ao mesmo tempo ele sentiu o toque daquele objeto vibrante.

Paul deu a ela um vibrador médio, mas até agora ela nunca o usou sozinha.

Paul costumava trabalhar o vibrador sozinho com ela.

Mas agora o vibrador, que havia penetrado em sua vagina coceira, parecia grande demais.

Além disso, suas vibrações pareciam muito mais fortes do que eu esperava.

Embora ambas as pernas estivessem amarradas, ela estava esticando as coxas para dar o máximo de espaço possível para o vibrador.

Ele rastejou um centímetro, antecipando sua delicada vagina.

No entanto, Juliet estava tão excitada com o creme e a situação em geral que empurrou todo o seu corpo para a frente e tentou colocar o vibrador dentro.

Quando ele pegou o vibrador espesso em sua totalidade, ele ficou tremendo, apreciando sua vibração.

Ambas as pernas amarradas.

Eu atiro com as duas mãos amarradas.

Em um lugar tão desconhecido, Juliet sentiu a alegria da vida pendurada completamente indefesa, nua, excitada na frente de um estranho.

Um plug apertado em seu ânus e um vibrador enchendo sua vagina.

Mamilos excitados por aquele creme vermelho em cima.

Ela queria sinceramente que o estranho a mordesse, mordesse e esmagasse suas nádegas rechonchudas e carnudas.

Ele sentiu como se os dois objetos em ambos os orifícios tivessem penetrado profundamente em seu corpo.

Ele nunca tinha parado de empurrar o vibrador, mas a própria Juliet estava tentando colocá-lo dentro.

Fechando ambos os buracos, puxando pulsos e tornozelos até o ponto de tensão, ele esticou todo o corpo e com um grito atingiu o clímax de felicidade.

Pela primeira vez em sua vida, aquele momento durou muito.

Os músculos do ânus começaram a se contrair, enquanto os músculos vaginais começaram a enfraquecer.

E antes que a primeira onda de excitação diminuísse, seu corpo endureceu novamente.

Ela experimentou um segundo orgasmo consecutivo devido ao tampão de borracha inserido em seu ânus.

Ela estava sentindo extrema dor e prazer ao mesmo tempo.

Lentamente, seu corpo começou a afundar e ela fechou os olhos.

Seu rosto repousou sobre o peito em uma posição pendente.

Ele se inclinou para frente e puxou o vibrador de sua vagina.

Demorou um pouco para seu corpo se recuperar.

Então, juntando um pouco de força, ele ergueu o pescoço, abriu os olhos e ...

... todas as luzes da sala estavam acesas.

Sob seu olhar, ela viu cerca de quinze cadeiras, a apenas dez metros dela.

Ela olhou para as cadeiras sem acreditar e, é claro, para as pessoas sentadas nelas.

Havia homens na casa dos trinta e cinquenta ... e havia mulheres.

Todos eles olharam para Juliet com alegria e admiração.

Paul estava sentado na última cadeira, olhando para ela com orgulho.

Fiquei feliz em ver Paul.

Mas então ele se lembrou de sua própria condição e da recente 'exposição'.

Envergonhada, ela abaixou o pescoço, mas não conseguia mover as mãos para cobrir o corpo nu.

E do que ele iria se esconder agora?

Depois de assistir todo o 'show', eles ...

Com todos esses pensamentos passando por sua cabeça, ela sentiu o toque de água fria atrás dela.

O estranho, que vinha brincando com seu corpo por tanto tempo, estava 'gelando' ela com um cachimbo de água na mão.

Ela não tinha escolha a não ser deixá-lo banhá-la com os braços e as pernas amarradas.

Girando seu corpo nu, ele a banhou completamente da cabeça aos pés.

Primeiro os restos dos cílios nas nádegas, depois o atrito dos braços e pernas com a bandagem, os seios e mamilos que incharam com o creme e seu manuseio, em ambos os poros delicados dos quais ela sofreu um ataque inesperado de ambos direções, e em todo seu corpo jovem e terno.

Eu realmente precisava daquela água fria!

Quando ela estava completamente encharcada, ela fechou a torneira e deu um passo à frente para soltar as pernas.

Julieta abriu as pernas compridas e tentou se endireitar.

Então ele desamarrou a corda que estava pendurada acima e soltou suas mãos.

Deixando-a sozinha por um momento, ele se aproximou dela novamente.

Ele puxou a mesa de trás e fez Juliet se sentar nela.

Não havia força em seu corpo, não havia desejo em sua mente de se opor a qualquer de suas ações!

Ele a deitou na mesa e amarrou suas mãos.

Desta vez, ele enrolou as alças em torno de suas coxas sem amarrar as pernas nos tornozelos.

A vagina de Julieta estava agora mais aberta do que antes, com as alças presas a ganchos de cada lado da mesa.

Agora sua vagina rosa estava visível na frente dela, e o tampão de borracha em seu orifício traseiro também estava visível.

Ele a deixou naquele estado por um tempo.

Agora, o pensamento de pessoas sentadas na sala e olhando para ela a fazia se sentir envergonhada e também excitada.

Lembrando que Paul também estava perto dela, ela se recostou na mesa, esperando o próximo ataque ...

E então ela sentiu o toque familiar do vibrador ... primeiro nas pernas, depois nas coxas roliças, depois na barriga lisa, ao redor dos mamilos ocos e, em seguida, movendo-se lentamente para cima em ambos os seios, nos mamilos rígidos.

Ele não podia acreditar que poderia ficar animado novamente em tão pouco tempo.

Ele sentiu a secreção de sua vagina escorrendo de suas coxas exaustos para seu próprio ânus.

E ela foi oprimida pela visão de quinze ou vinte estranhos, homens e mulheres olhando para ela.

Ansiosa, ela começou a pronunciar:

'Ah, ah!'

De repente, o vibrador disparou.

A excitação de Juliet não estava mais em seu corpo.

Ela começou a gritar bem alto, gritando e chamando o estranho para vir e continuar acariciando-a com o vibrador.

Alguns segundos devem ter se passado e então ela sentiu um toque muito estranho e inesperado entre suas duas coxas ...

Surpresa, ela olhou para lá e viu que o jovem estranho movia sua longa língua sobre sua vagina.

Ela sorriu e olhou para ele, então se recostou na mesa e relaxou o corpo.

Ele não era mais um estranho para ela.

Os outros homens e mulheres na sala não existiam para ela.

Ele nem mesmo tinha pensamentos para Paul em sua cabeça.

Sentindo o toque da língua longa e forte do jovem, ele revirou os olhos e se deitou.

Durante o próximo orgasmo, ela manteve um grande sorriso no rosto.

Quanto tempo ela ficou lambendo a vagina, quanto tempo ficou deitada na mesa, acordada ou dormindo ... Eu não tinha como saber.

Tudo o que ela sabia era que os dois estavam sozinhos na sala novamente, seus membros estavam livres, o tampão de borracha tinha sido removido de seu ânus e colocado ao lado da mesa, e o estranho que havia lhe dado o maior orgasmo de sua vida , sem relação sexual, ele ficou educadamente na frente dela.

Ele se levantou devagar e saiu da mesa.

Ele estava com as roupas nas mãos.

Agora, enquanto ela se vestia, ele se encostou nela ... não para envergonhá-la, mas para abotoar seu sutiã apertado.

Ele também a ajudou a terminar de se vestir.

Depois de se vestir, ele conduziu Juliet de volta à cabana do Vigilante.

A mesma Mercedes preta estava parada na frente.

O motorista da Mercedes abriu a porta para ela e parou na expectativa.

Julieta sorriu ao se lembrar da simpatia do motorista.

Virando-se, ele perguntou pela primeira vez desde que conheceu o 'estranho',

"Qual é o seu nome?"

Ele sorriu.

Ele pegou a mão dela e apertou-a mais perto e disse:

"Meu nome não é importante."

Então ela apenas sorriu e disse "Obrigada" e começou a caminhar em direção ao carro.

Paul estava esperando por ela no banco de trás do carro.

Assim que ele entrou, Juliet abraçou Paul nos braços.

Paul deu um tapinha afetuoso na cabeça dele e fez sinal para que o motorista ligasse o carro.

O Mercedes preto começou a correr novamente pelas ruas estreitas da zona industrial em direção à cidade movimentada.

Paul pegou uma câmera de vídeo que havia deixado de lado e segurou a tela perto de Juliet e disse:

"Tudo o que você fez desde que saiu do carro ... ou tudo o que foi feito com você está neste vídeo. Como você é corajoso."

Juliet estava relaxando em seus braços.

O sorriso em seu rosto e a satisfação falaram por ela sem precisar dizer mais nada.

Deixando-a relaxar no carro, Paul deu-lhe tapinhas novamente e olhou para a fita de sua coragem.

O plano de hoje foi um sucesso.

Eu estava feliz e animado porque logo estaria pronto para uma próxima aventura incrível ...

FIM

BEM-VINDO SELVAGEM
ERIKA SANDERS

35

Susan estava deitada no sofá pensando em seu parceiro.

Ela o amava de todo o coração e seu sonho era que ele fizesse o que quisesse com as preliminares.

Lamber e chupar até que seu nível de êxtase valia a pena morrer.

Então foda-se com sexo mais poderoso que a criação.

Foi uma noite tão chata.

Susan estava deitada no sofá com seu sutiã de seda rosa e calcinha assistindo a um filme.

Mas Susan estava pensando em seu namorado, seu corpo bonito, olhos verdes e cabelos castanho escuro.

A língua de Susan espreitou de seus lábios enquanto pensava nele, a luxúria enchendo sua mente e corpo.

Só então, Susan ouviu a porta se abrir, ele finalmente estava aqui.

Animada e molhada, ela pulou e correu para a porta.

Lá estava ele, de calça jeans e camiseta branca.

Ela entrou no quarto percebendo os belos e pesados seios de Susan quando eles quase caíram do sutiã de emoção.

Agarrando-a pela cintura, ele puxou Susan para ele e a beijou profundamente.

"Estou tão fodidamente excitada", Susan sussurrou com sua boca quente e molhada. "Foda-me agora."

Não precisando de um segundo convite, ele empurrou Susan em direção à mesa da cozinha.

Ele tirou a camisa e apagou as luzes, escurecendo a sala.

Susan estava deitada na mesa, seus mamilos agora espreitando pelo sutiã branco e uma mancha molhada se formando na calcinha combinando.

Ele se aproximou dela, formando um caroço em seu jeans.

Ele se inclina sobre Susan beijando suavemente sua barriga, lambendo tudo.

Susan suspira de prazer e suas mãos agarram a cabeça dele para puxá-lo para mais perto.

Ele continuou a lamber e beijar sua barriga, ocasionalmente descendo para sua vagina, ainda coberta pela calcinha, para soprar ar quente sobre ela.

Ele agarra sua calcinha com os dentes, puxando-os para baixo em um movimento rápido.

Ele os joga sobre a mesa e cheira seus pubes.

Susan começa a gemer e respirar pesadamente.

Enterrando o rosto em sua boceta molhada, ele levanta a mão para remover o sutiã.

Os seios alegres de Susan derramam sobre suas mãos macias.

Ele gentilmente lambeu a fenda de Susan mais uma vez antes de se aproximar da geladeira.

Abrindo, ele pegou uma tigela de morangos. Ele pegou dois deles, colocando um na barriga de Susan e o outro entre os seios.

Ele lambeu o morango no umbigo dela, comendo mais tarde.

Ele continuou a lamber o corpo dela de baixo para cima e finalmente passou para o próximo morango.

Lambendo o decote de Susan, ele move o morango para cima e para baixo entre os seios dela.

Susan geme com a sensação incomum.

Ele continua a mover o morango para baixo e para baixo no corpo de Susan, até que ele alcança sua vagina empurrando o morango com a língua.

Susan ofegou e ele podia ver sua boceta se contorcer com o morango coberto em seus sucos.

Ele empurrou o morango mais fundo em sua vagina.

Ele a cobriu com a boca, chupando suavemente até o morango voltar à boca; agora coberto de sucos da vagina de Susan.

Bebendo o morango, ela comeu e mudou-se para colocar Susan de bruços.

Com a bunda no ar, ela acariciou.

Ele gentilmente deu um tapa na bunda de Susan, antes de mergulhar em sua bunda e lambê-la, deixando ventosas por toda sua bunda.

Perto havia um pote de mel, ele estendeu a mão e esfregou nos lábios de Susan.

Então ele enfiou a língua profundamente dentro dela, fazendo Susan gemer.

Ele chupou a língua profundamente em sua vagina.

Gemendo alto, Susan disse:

"Foda-me agora."

Ele tirou o jeans, seu pau prestes a explodir.

Agora nu, seu pau destaca-se grande e forte.

Ele agarrou Susan, passando as mãos sobre as coxas dela, colocando seu pênis apenas dentro de sua entrada.

Ele esfregou a cabeça contra a umidade dela; Gentilmente, ele abriu os lábios e deslizou gentilmente a cabeça de seu membro.

Um gemido escapou dos lábios de Susan quando ela sentiu a ponta do membro dele entrar nela.

Susan gemeu mais alto quando deslizou o resto de seu enorme pau duro em sua boceta.

Enquanto todo ele a enchia, ela apertou as paredes de sua boceta, trazendo um gemido agora dele.

Ele começou a bombear seu pau dentro e fora da boceta de Susan, dirigindo cada vez mais a cada golpe.

Ele continuou a bater na buceta dela, fazendo Susan gemer cada vez mais alto.

Agarrando suas coxas, ele bateu mais forte do que nunca, rosnando enquanto invadia o corpo de Susan com seu enorme pau.

Susan gritou:

"Isso é tão bom, baby, me foda mais."

Ele bateu seu pênis com mais força na boceta de Susan, sentindo o acúmulo de esperma na base de seu pênis.

Suas bolas atingiram a bunda de Susan com o movimento dele.

Susan soltou um longo gemido e começou a ter um orgasmo selvagem, sua boceta apertando seu pau, então ele começou a ter um orgasmo também.

O sêmen saiu de seu pênis, o primeiro esguicho entrando na boceta de Susan.

Mas ele se retirou, deixando o resto pulverizar seu corpo.

Assim que o orgasmo dela começou a diminuir, ele enfiou os dedos na boceta dela, bombeando-os rapidamente, enviando Susan ao orgasmo novamente.

Gemendo e movendo-se sobre a mesa, Susan o puxou para ela e o beijou profundamente.

Seu suor e sêmen se misturaram entre os dois corpos.

Depois de relaxar os dois, ele disse:

"É bom ser recebido assim".

FIM

TRAÍDA
ERIKA SANDERS

43

Capítulo I

Becky ouviu o som da chave na fechadura.

Ele desceu as escadas correndo, acendeu a luz do corredor e abriu a porta.

Jack estava lá na chuva, encapuzado sobre a cabeça, a chave parando na mão enquanto seus olhos escuros a encaravam.

"Oh meu Deus, você veio", disse Becky alegremente.

Ela pulou para frente e passou os braços em volta dos ombros dele, abraçando-o, sentindo a chuva que cobria seu casaco se infiltrar no topo de suas roupas apertadas.

Ela não se importou.

O homem dela estava aqui e isso era tudo o que importava.

Ela soltou Jack de um abraço efusivo e colocou as mãos ensopadas em seu rosto.

Sua expressão séria não mudou.

"O que há de errado?", Ela disse.

"Nós precisamos conversar."

Becky sentiu um frio no estômago, mas se afastou para deixar Jack entrar e tirar as botas molhadas.

Ela entrou na sala, esfregando os braços nervosamente, enquanto esperava Jack lhe dar as más notícias, quaisquer que fossem.

Em seguida, ele entrou na sala, ainda com uma expressão séria no rosto magro.

"Dê-nos uma bebida, por favor", disse ele.

Becky foi até o carrinho de bebidas e serviu dois conhaques.

Sua mão tremia quando ele estendeu um dos copos e bebeu a dela rapidamente.

Jack aproximou-se da cadeira com as meias um pouco úmidas.

A imagem que ele deu assim foi um pouco engraçada.

Ela teria rido se não fosse o momento tenso.

Ele se sentou na beira do assento, sem acomodar-se, sem tirar o casaco enquanto se preparava para dar as más notícias.

Ele tomou um grande gole de conhaque antes de falar.

"Ela sabe tudo sobre nós", disse ele depois de tomar o licor com um suspiro final.

Becky sentiu os joelhos enfraquecerem, o coração disparar.

Outro copo de conhaque foi derramado.

Ele caminhou até o sofá em frente a Jack e sentou-se.

"Quão?" Ele disse depois de outro gole do líquido quente.

"Disse-lhe."

Becky franziu o cenho.

"Você contou a ele? Por que diabos?

"Eu não aguentava mais."

Becky se levantou.

Por favor me diga que está brincando comigo, Jack.

Ele balançou a cabeça negando.

"Por que você diria a sua esposa que a está traindo?"

Jack ergueu os olhos sob as sobrancelhas espessas que o faziam parecer um filhote de cachorro travesso.

"Eu não podia vê-la sendo indiferente e calma enquanto ela continuava escondendo nosso segredo sujo."

'Nosso segredo sujo, isso é tudo para ele ?, pensou Becky.

"Bem, o que ela disse?" Becky disse, fingindo que não tinha ouvido o último comentário enquanto caminhava de um lado da sala para o outro.

"Ela está disposta a nos dar outra chance. Se isso parar."

Becky parou de andar e olhou para o rosto de Jack.

"Nós? Você quer dizer que você e ela estão juntos depois de contar a ele?"

Jack assentiu.

"Você vai me deixar assim? Por que ela diz isso?"

"Ela é minha esposa."

"E o que eu era?"

"Você sabe o que é isso. Eu disse que nunca deixaria minha esposa. Isso sempre foi sexo entre você e eu."

Know Você sabe o que era isso. Passado. Já estava acabado em sua mente. Como ele pode fazer isso comigo?'

Apesar do fato de ele ter dito que nunca iria deixar Mary, Becky achou que poderia convencê-lo de que ela realmente era a mulher que ele precisava.

E não é assim?

Parecia que não.

Jack terminou a bebida e levantou-se para sair.

Becky se aproximou dele.

"Isso é tudo, então?" Ela disse, olhando para ele com raiva. "Você largaria assim e sairia?"

Jack suspirou enquanto a puxava para seguir pelo corredor.

"Becky, eu tenho filhos", disse ele, exasperado agora.

Oh não, ele não iria fugir disso facilmente.

Antes que tudo fosse elogios e mensagens zombeteiras e eróticas, com muitos beijos no final para me deliciar.

É isso que todo mundo faz, para conseguir o que quer.

Então, quando tiverem o suficiente, ficam na defensiva e tentam se livrar de você.

A verdadeira face de Jack agora foi mostrada.

Ela não era nada além de um pedaço de carne para ele, uma foda fácil.

Escumalha.

Uma prostituta.

Era assim que os homens sempre a tratavam. Jack não seria diferente.

"E daí? Muitas pessoas se divorciam hoje. As crianças superam isso. Eles ainda têm os dois pais", disse ela friamente.

"Eles são crianças, Becky", retrucou Jack. "Eles precisam de uma família. Segurança. Um pai que está sempre por perto. Ninguém que aparece algumas vezes por semana."

E eu que? ela pensou um pouco egoísta.

A mulher que não pode ter filhos.

A mulher que será sempre e sempre permanentemente estéril, incapaz de dar uma família a um homem.

O fenômeno.

O raro.

Aquele que só serve para se divertir, para foder.

Quem realmente a amaria?

"Eu irei à sua casa", ele ameaçou. "Vou contar a ela o que fizemos. Como você me levou para a floresta no seu carro e me fodeu no banco de trás. Onde os filhos dela se sentam todos os dias na viagem à escola. Como você me levou ao mesmo restaurante em que você a pediu em casamento Veja se ela muda de idéia então. "

Jack se virou na entrada, seus dedos deixando o capuz que estava prestes a levantar sobre a cabeça.

"Você não fará isso".

"Olhe para mim."

Becky viu, pela primeira vez, um olhar nos olhos de Jack que ela já vira em muitos homens antes.

Nojo.

O que eles tiveram entre eles, o que quer que tenha sido para ele, se foi.

Ela sabia que nunca iria recuperar isso.

Seu lábio superior se curvou quando ela puxou o capuz sobre a cabeça e se inclinou para pegar as botas.

Becky sentiu o calor desaparecendo de sua carne, a sensação fria de ser deixado para trás retornando.

Abandono.

Ela já sentiu isso muitas vezes antes.

"Você não pode simplesmente me deixar, Jack", ela implorou, sentindo o fluxo familiar de lágrimas brotando de seus olhos.

"Acabou", ele disse abruptamente, sua voz enrolada em raiva.

"Não faça isso comigo, Jack. Por favor!"

Ele amarrou o cadarço na bota e se endireitou, olhando-a debaixo do abrigo do capuz.

"Não chegue mais perto de mim ou da minha família. Se você vier, eu ligo para a polícia."

Ele levantou a mão e deixou cair a chave no chão.

A chave que ela lhe dera na esperança de que ele visse isso como seu verdadeiro lar, no qual ele acabaria morando permanentemente.

Foi a última facada em seu coração.

Ele puxou a porta e deu um passo rápido para o jardim.

Becky estava de pé no capacho, as bochechas brilhando com lágrimas à luz brilhante da sala de estar, observando sua figura alta atravessar a chuva.

Longe dela.

De volta à família dele.

Fora de sua vida para sempre.

Capítulo II

Becky olhou dentro do copo e sentiu a cabeça girar.

O uísque deixou um gosto amargo e amargo em sua língua.

Com os dedos trêmulos no copo, ela o pegou e jogou na parede da lareira.

Ele colidiu com o espelho, causando estilhaços de vidro e depois caiu em cascata no chão e carpete espesso.

Ela pulou do sofá e foi para o telefone.

Lágrimas brotaram em seus olhos quando ela pegou o fone de ouvido, mas ela disse que não iria mais chorar.

Ela mordeu o lábio, discando com determinação o número.

Depois de alguns momentos, uma voz masculina aguda respondeu.

"Olá?"

"Harry, aqui é Becky", disse ele, sufocando sua embriaguez com um bufo.

"Becky? Jesus, por que você está ligando agora? São duas da manhã."

"Desculpe. Eu só ... eu preciso estar com alguém."

"O quê? Agora?"

"Sim."

Ele ouviu um farfalhar do outro lado da linha, o farfalhar de sua garganta secar dos cigarros de Harry enquanto ele se movia pela cama.

"Você realmente está me acordando para foder no meio da manhã?"

Becky sentiu um nó no estômago com suas palavras.

E se ela realmente não precisasse de alguém para se satisfazer?

No entanto, Harry não se importava com isso.

Ele era apenas um homem típico, com apenas uma coisa em mente.

Ela parou a tentação de explodir.

"Por que não? É um momento tão bom quanto qualquer outro", disse ela, um pouco agitada.

"Eu tenho que estar acordado às seis."

"E daí? Você pode dormir amanhã à noite. E pelo menos vai trabalhar satisfeito ao invés de bocejar."

"Estou arrasado agora. A única maneira de evitar bocejar para o trabalho é mais algumas horas de sono e não de exercício".

Becky apertou os lábios em frustração e pegou seus cigarros que foram colocados ao lado do telefone.

Acendeu um e tomou uma longa e profunda chupada, depois esfregou a têmpora com o polegar enquanto soltava a fumaça espessa.

"Farei o que você quiser", disse ele, e a nicotina deu-lhe força suficiente para tentar seduzi-lo.

"O que?", Harry disse.

"Vou enfiar minha língua na sua bunda. Vou comer você como um homem come uma mulher."

Houve uma pausa e ele pôde sentir Harry pensando do outro lado.

Poucas mulheres estavam dispostas a comer a bunda de um homem e Harry tinha um ânus particularmente sensível, sua língua tinha a capacidade de fazer todo o seu corpo se curvar e gritar ao mesmo tempo.

No entanto, parecia que ele estava realmente cansado esta noite. Mesmo isso não foi suficiente para tentá-lo.

"Oh Becky. Você não poderia ter chamado uma hora melhor?

"Vou colocar minha trela. Vou te dar uma foda longa e difícil. É isso que você quer, Harry? Um. Longo. Difícil. Fodido."

Harry parecia nervoso e agitado quando respondeu.

Becky sabia que seu pênis estava duro como uma pedra debaixo das cobertas diante de sua coragem explícita e suja.

Mas não importava com o que ela tentasse tentá-lo, ele parecia não se mexer.

"Desculpe, Becky. Vou ter que passar. Que tal sexta à noite?

Becky viu o cinzeiro na mesa de café e apagou o cigarro.

"Você é como todos os homens, certo? Você acha que eu vou fugir quando você diz. Bem, você sabe Harry? Você pode se ferrar. Essa foi sua última chance e você estragou tudo".

"O que ... Becky?"

"Tchau Harry. Durma profundamente, se puder. Droga!"

Ele bateu o telefone no receptor.

Becky ficou sentada na cama por um momento, com o coração acelerado, o sangue fervendo, um milhão de pensamentos diferentes disputando precedência dentro de sua cabeça.

Como eles poderiam fazer isso com ele?

Uma e outra vez.

E por que ela continuou deixando-os fazer isso?

Cair na mesma velha armadilha repetidamente.

Ela sabia o que os psiquiatras diriam.

Você não se valoriza o suficiente.

Como ela pode esperar receber respeito quando ela nem se respeita?

Bem, isso é fácil para eles dizerem.

Eles querem saber como é se sentir uma prostituta que permite que os homens usem seu corpo como se fosse um pano sujo.

Uma mãe que ia transar com o namorado e deixou a filha sozinha em casa, com frio e com fome, sem ninguém que a quisesse.

Uma mulher que a convenceu durante anos de que seu pai não a amava.

Que ele os abandonou por causa dele.

Quando a verdade era verdadeira, ele ficou intimidado pela submissão a que estava sujeito e aterrorizado demais para voltar ao seu reinado de terror.

Becky enterrou o rosto nas mãos e deixou as lágrimas inundarem as palmas das mãos.

Você me deixou, papai.

Como você pode me deixar com aquela cadela psicopata?

Ela se sentou e se forçou a parar as lágrimas.

A tristeza se transformou em raiva como o toque de um botão.

O pai dela era um covarde.

Como todos os homens.

Eles andavam controlados pelas bolas que balançavam entre as pernas, mas não tinham coragem de usá-las.

Somente uma mulher poderia fazer isso.

A dor era demais.

Becky precisava de sexo.

Era a única coisa que a acalmava.

O sexo aliviaria a dor dentro dela.

Dor por não ser amada e por ser rejeitada, o que a fazia se sentir uma cadela suja e descartável.

Por alguns breves momentos, um beijo apaixonado, um desejo ardente de levá-la ao orgasmo, e ela se sentiria curada.

Tudo bem novamente.

Amado.

O único problema era que se tornara um vício.

E quando tudo terminasse, depois que os homens fossem embora e retornassem com suas esposas ou a próxima mulher disposta a abrir as pernas, aquele lugar escuro retornaria.

Até a próxima solução.

Becky não aguentou mais.

Já bastava.

Dessa vez alguém pagaria.

Capítulo III

A vingança é doce.

Ou é o que dizem.

Becky ponderou sobre isso enquanto escovava os longos cabelos negros no espelho da cômoda.

Ela estava nua, além de uma calcinha preta adornada com um pequeno laço vermelho.

Seus seios de quarenta e três anos eram tão firmes quanto os de uma mulher dez anos mais nova.

Foi um dos aspectos positivos de não poder ter filhos.

Manteve sua figura e seus esplêndidos encantos por mais tempo.

Quando as cerdas deslizaram pelo cabelo, ela experimentou uma calma que não sentia há anos.

Algo estava finalmente gerando dentro dela.

Você não será mais uma vítima.

Ela estava lutando.

Ela seria uma guerreira.

Ela selecionou um batom vermelho escuro da maquiagem e aplicou-o cuidadosamente nos lábios, adicionando um pouco de plenitude, dando um milímetro extra ao redor da borda.

A cor complementava seus cabelos escuros e pele oliva, dando-lhe uma aparência levemente mediterrânea que não poderia estar mais longe de sua herança britânica.

Ela tinha que admitir que parecia bem.

Ela pode ter uma voz um pouco rouca para tantos cigarros e uma infância de merda, para não mencionar a bebida, mas ela sabia como aparecer para fazer sexo.

Ela aprendeu essa habilidade com a mãe e, quando percebeu o quão duras eram as meninas do norte, também aprendeu a usá-la em seu proveito.

Garotas sexy tinham poder.

Eles podiam controlar os homens com seus corpos, seu perfume e um olhar provocante.

Quando Becky considerou, percebeu que era o que lhe permitira sobreviver por tantos anos.

Ele se levantou e caminhou até o espelho de corpo inteiro.

Inclinando a cabeça para o lado, ela segurou seus seios.

Ele fez beicinho com os lábios recém-pintados.

Sim, parecia bom o suficiente para comer algo apetitoso.

E para comer você também, ela pensou com uma risada sensual.

Na cama havia um vestido vermelho.

Curto.

Muito provocador.

Decote baixo para mostrar seus peitos.

Ela colocou os pés descalços nele e puxou-o pelo corpo.

Olhando no espelho, ela se virou e abotoou-o.

Ele admirava o tecido sedoso, enrugado nos quadris, acentuando sua forma típica de ampulheta.

Ao lado da porta havia uma fileira de sapatos de salto alto.

Becky se aproximou e colocou os pés em um par vermelho.

A cor da noite era escarlate.

Vermelho por sangue e assassinato.

Capítulo IV

O motorista do táxi parou do lado de fora do clube.

Becky notou que havia dois gorilas nas portas.

Ele pagou o taxista e saiu para a rua iluminada pela luz da rua, o ar suave tocando seus ombros nus enquanto a música do clube batia sob seus pés.

Ela fechou a porta do táxi e caminhou até a entrada, colocando a alça de sua pequena bolsa vermelha no ombro.

O Meeting Place era um clube de cavalheiros modernos que surgira na cidade alguns anos atrás.

Homens de todas as idades foram lá em suas últimas roupas, embebidos em frascos de loção pós-barba, tentando atrair as garotas do norte que chegavam ao seu cheiro como cadelas no cio.

Becky não foi exceção.

Mas hoje à noite ela estava decidida a um homem em particular.

O local era uma colméia de atividades, ocupada por uma noite no meio da semana.

Um cantor estava se apresentando no palco de um lado da sala e o bar do outro lado estava cheio dos caras mais velhos curvados sobre copos de cerveja.

Homens e mulheres estavam sentados em uma grande área cheia de mesas no centro da sala, conversando e olhando para o palco.

Becky foi ao bar e chamou um jovem e bonito garçom com o corte de cabelo de uma viúva.

"Ricky está aqui hoje à noite?", Perguntou ela.

O garçom assentiu. "Atrás."

Becky sorriu e se afastou do balcão, notando que os olhos dos homens mais velhos haviam se mudado de suas bebidas para ela.

Ele se certificou de que eles tivessem uma boa visão de sua bunda quando ele desapareceu por um corredor que levava aos escritórios nos fundos.

Ricky Morris era o proprietário de cinco boates na área de Maine.

Ele ganhou seu dinheiro com acordos não confiáveis na década de 1990 e abriu a cadeia de clubes masculinos que foi um sucesso instantâneo com garotos brincalhões do Norte.

Ele também era conhecido por trabalhar com strippers e prostitutas, fornecendo-lhes clientes e reduzindo seus lucros.

Becky o conheceu há dois anos no lançamento do Meeting Place.

De todas as mulheres atraentes e garotas bonitas que estavam lá naquela noite, era com ela que ele se aproximara.

Talvez ele reconhecesse algo de si nela, um traço masculino que agradava sua natureza ambiciosa e empreendedora.

Uma mulher que não se curvava ou se lisonjeava por seu dinheiro e boa aparência.

Uma mulher que jogaria duro para conseguir o que queria.

Becky bateu na porta, mas não esperou uma resposta.

Ao entrar no quarto, ele viu um lampejo de carne e sentiu o cheiro inconfundível de sexo.

Uma mulher na casa dos vinte estava deitada na mesa, os seios nus expostos através de um vestido que ainda estava enrolado na cintura.

Ricky estava transando com ela de uma posição ereta, calça preta ao redor dos tornozelos, suor brilhando na cabeça raspada.

Ele virou a cabeça com a interrupção.

"Porra." Ele se afastou da mulher e Becky viu seu pau grande, inchado de emoção, escorregadio com o suco da mulher.

Quando ele viu quem havia entrado na sala, suspirou, inclinou-se e puxou as calças.

A mulher na mesa cobriu os seios, tentando esconder seu constrangimento com uma risada sensual.

Vadiazinha, Becky pensou, entrando sem vergonha no escritório.

Ricky estava prendendo o cinto de couro na cintura quando balançou a cabeça para a garota sair.

Ainda cobrindo os seios, ela escorregou timidamente da mesa, pegou os sapatos de salto alto e saiu na ponta dos pés da sala.

Ricky deu a volta na mesa, olhando para Becky, o rosto corado.

Ele pegou um lenço no bolso da camisa, limpou a testa e enfiou a mão na gaveta para pegar uma cigarreira de prata.

"A que devo o prazer?", Ele disse, abrindo a caixa e pegando um cigarro colorido.

Ele ofereceu um para Becky.

Ela manteve os olhos nele quando ele caminhou até a mesa e pegou um dos cigarros.

Foi escarlate.

"Verificando a qualidade da mercadoria de novo?" Ele disse, colocando o cigarro vermelho entre os lábios.

Ricky estreitou os olhos azuis afiados quando acendeu o cigarro e depois segurou o isqueiro para acender o de Becky.

"Qual é o seu ponto de me interromper, entrando aqui sem aviso?"

Becky tragou um pouco do cigarro aceso.

Ela soprou a fumaça que se arrastava em direção ao teto em um fio fino.

"Vejo que você está ocupado ultimamente."

Ela olhou para a mesa com um sorriso.

As pegadas de suor onde estavam as nádegas da mulher ainda estavam presentes na superfície do vidro.

Ricky sentou-se pesadamente.

Becky quase podia ouvir seu coração disparar, sangue ainda bombeando seu corpo pela sessão de sexo interrompida.

Ele a estudou curiosamente.

"Já terminou?"

Becky balançou a cabeça.

"E daí? Percebo algo diferente em você."

Becky jogou os cabelos para trás e olhou para o grande aquário brilhando atrás da cabeça de Ricky.

Peixe grande em um lago muito pequeno, ele pensou ironicamente.

Ele podia ter dinheiro e poder sobre as mulheres, mas sentado em sua cadeira sem ter idéia do que estava prestes a acontecer, ele era tão fraco e patético quanto qualquer outro homem.

"Acho que deve ser o clima do mês", disse ele secamente.

Ele tirou a bolsa do ombro e a colocou cuidadosamente na superfície de vidro sobre a mesa.

Ricky observou seus movimentos com interesse.

Ele deu a volta na mesa e apoiou as nádegas na borda dura.

Ricky girou a cadeira, recostou-se e a estudou.

"Você está ansioso por isso", disse ele com cuidado.

"Quando não vou?", Ela respondeu.

Ricky sorriu.

Ele amava isso nela.

Aquele apetite ousado e disposto ao sexo.

Especialmente de uma mulher.

Isso o deixou duro em segundos. Becky esperou para ver seu pênis voltar a despertar enquanto movia o corpo para revelar seus seios.

"Você é uma prostituta", disse Ricky. "Nada te impede, não é? Nem mesmo segundos descuidados em uma putinha.

"Ela era apenas o aperitivo. Eu sou o prato principal. O sexo real."

Becky puxou o vestido pela coxa e passou os dedos entre as pernas.

Ela havia tirado a calcinha antes de sair de casa, para ter acesso fácil aos lábios nus entre as pernas.

Ele olhou para Ricky e deu outra tragada no cigarro.

A protuberância que continuava crescendo em suas calças lhe disse que ele planejava estar dentro dela em segundos.

Sua boceta umedeceu com o pensamento, intensificada pelo conhecimento de que desta vez a satisfação seria mais doce do que qualquer outra.

Ela colocou as mãos na superfície de vidro, deixando traços pegajosos de sua vagina almiscarada, e manobrou para se posicionar diretamente na frente de Ricky.

Ela colocou os dois calcanhares nos braços da cadeira, abrindo as pernas para dar uma visão completa do que havia entre as pernas.

Excitação brilhou nos olhos de Ricky quando ele olhou para baixo e viu o doce escondido sob o vestidinho vermelho.

"O que eu devo fazer com isso?" Ele disse ironicamente, erguendo a sobrancelha.

Com os cotovelos na mesa, Becky ainda conseguiu fumar enquanto respondia com um sorriso sensual.

Sem palavras.

Ricky apagou o próprio cigarro, esmagando-o descaradamente no copo.

Ela respirou pelas narinas, talvez para ter um gostinho perfumado do que estava por vir, encharcando os dedos longos na frente dos belos lábios.

"Eu vou comê-lo até sua boceta pingar na minha boca."

Becky formigou em sua vulva enquanto apertava seus músculos.

Ela sempre amou um garoto que gostava de comer buceta.

Ricky ficou feliz em saturar o rosto no suco, fazendo coisas com a língua que o mandariam para outro lugar.

Seria o caminho mais humano a seguir, ele pensou.

Medo eufórico.

Suas mãos grandes tocaram seus joelhos e espalharam suas pernas ainda mais.

Becky olhou para ele com um fascínio sombrio, avaliando a emoção em seus olhos de aço.

Ele lambeu os lábios de brincadeira.

Becky sorriu conscientemente.

Então, antes que ela pudesse fazer qualquer outra coisa, a cabeça dele estava entre as pernas dela e sua língua quente e molhada estava entrando dentro dela.

A cabeça de Becky caiu para trás quando ela ofegou de prazer.

"Ah Merda."

Ricky balançou a cabeça vorazmente, lambendo sua carne pegajosa.

Coma, prove, respire seu perfume almiscarado.

"Delicioso", Becky o ouviu dizer com seu profundo sotaque de Vermont.

Nem remotamente ele iria saborear algo tão delicioso quanto a doce vingança dela, ele pensou.

Ricky abriu o zíper da calça e puxou o pênis, empurrando-o com movimentos rápidos e duros do pulso.

Becky se perguntou brevemente se ele preferia sua boceta à que ele estava fodendo minutos antes.

Então ela decidiu que não se importava mais.

Todos os homens eram iguais.

Idiotas que abusam de prostitutas e chupam xoxotas. Mesmo se eles tivessem a capacidade de enviar você a lugares que você nunca soube que existiam.

A língua de Ricky era divina!

Becky olhou para baixo e viu o couro cabeludo redondo e brilhante subindo e descendo.

Esse foi o momento dele.

Respirando fundo, ela parou por um momento, depois juntou as coxas em um movimento rápido, fechando o pescoço de Ricky entre as pernas.

Ele engasgou e tentou se afastar, mas sem sucesso.

Becky enfiou a mão na bolsa vermelha e tirou uma faca.

Ela agarrou o punho com as duas mãos e o ergueu sobre a cabeça de Ricky.

Ele continuou balbuciando, agarrando suas coxas para abri-las.

Mas ela não conseguiu.

Ela não podia deixar cair a faca na cabeça.

Agora que o momento estava aqui, não parecia mais uma fantasia.

Parecia um pesadelo.

Ela não era uma assassina.

Ela não poderia se tornar algo que não era.

Eles a mataram por dentro e ela os desprezou por isso, mas matar a sangue frio a fez outra coisa.

Isso a fez menos do que eles.

Becky soltou a pressão de suas coxas na cabeça de Ricky.

Ele saiu da armadilha, ofegando e esfregando o pescoço.

"Cadela louca, puta", ele gritou. "O que está jogando?"

Becky já havia escondido a arma na bolsa antes de Ricky cuspir sua raiva.

"Eu pensei que você gostaria de tentar algo um pouco duro", ela ofegou, fazendo o possível para esconder o medo em sua voz.

Ricky abriu as pernas e se levantou.

"Eu não conseguia respirar!"

Becky mexeu no vestido e saiu da mesa de vidro.

Enquanto se levantava, ele notou a expressão de dúvida nos olhos de Ricky.

"Oh, vamos lá", disse ela. "Foi divertido."

Ele conseguiu manter um sorriso enquanto seu coração batia freneticamente dentro do peito.

Ricky não disse nada, procurando em seus olhos algum tipo de engano.

Ele seria o único que teria sangue nas mãos se soubesse que ela tinha planejado matá-lo.

Becky foi até ele e se inclinou perto do rosto dele.

Ela beijou sua bochecha corada, deixando seu lábio escarlate estampado em sua pele.

"Já tive o suficiente por hoje. Ficarei melhor", disse ela.

Ela pegou sua bolsa da mesa e caminhou até a porta.

Ela podia sentir os olhos de Ricky fixos nela.

Penetrante.

Acusatório.

"Espere", ele disse.

Becky parou.

O coração dela congelou.

Lentamente, ele se virou.

O contorno escuro de Ricky estava delimitado pelo brilho da água do aquário enquanto ele esperava que ele falasse.

"Você vai querer seu dinheiro", disse ele.

Becky franziu o cenho.

"Que dinheiro?"

"Eu sempre pago minhas garotas favoritas."

Becky estudou os olhos dela.

O que ele estava fazendo?

"Você nunca teve antes."

"Já era hora de eu fazer isso."

Ele pegou um talão de cheques da mesa.

Ele tirou uma caneta do bolso da camisa e rabiscou algo nela.

Quando ela segurou a Becky, ela sentiu o pescoço coçar.

Ricky deu-lhe o cheque.

Becky pegou e olhou a quantia.

Quarenta mil dólares.

Ela empalideceu e olhou para Ricky, incrédula.

"Por serviços devidos", disse ele.

Becky olhou de volta para a figura forte.

Quarenta mil dólares.

Ele pagaria sua hipoteca.

Ela poderia comprar um carro novo.

Flutuar para fora.

Compre roupas novas.

Sapatos de grife.

Ricky não estava sorrindo enquanto a observava estudar o cheque.

O olhar que ela deu a ele era de preocupação.

Becky olhou nervosamente em seus olhos azuis de aço.

Ele sabia que ela tentara matá-lo.

Ele estava pagando por isso.

Pegue o dinheiro, me deixe em paz, não venha.

Ela não queria decepcioná-lo.

Ele conseguiu sorrir e depois se virou para sair da sala, a mão tremendo ainda segurando sua nova fortuna.

FIM

www.ingramcontent.com/pod-product-compliance
Lightning Source LLC
Chambersburg PA
CBHW051822130726